『コロナ禍の日本の風景とエッセイ―令和２年上期』

吉澤兄一

湘南社

ま・え・が・き

時代の移り変わりを〝改元〟という区切りで印象づけてきた我が国。戦後二度目の改元は平成（平成三一年四月三〇日）から令和（令和元年五月一日）になった。そして年があけて令和二年（二〇二〇）一月、令和はじめての正月元日を迎えた。

正体不明の肺炎が流行しているとする中国（武漢市）あたりの情報が、その後新型コロナウイルスの感染症らしいと伝わった。そして、二〇二〇年一月一六日男性1名（神奈川県在住の中国人）の感染者が日本ではじめて確認され、二月五日には横浜港に停泊中の大型クルーズ船での集団感染が判明された。遅きに失したWHOの新型コロナウイルスのパンデミック（世界的大流行）認定。宣言が発出されたのは、三月一一日であった。

文字どおりの新型コロナウイルスの世界的大流行は、三月一一日より急激に拡大。パンデミック宣言から一か月後（四月一一日）世界全体の感染者は170万人（死者10万人）、二か月後（五月一一日）同４００万人（死者28万人）となった。中国、米国、欧州各国の大流行に比べれば超低レベルのようにみえる日本の感染者も、三月一一日の感染者６２０人（死者15人）が、四月一一日同１万６６００人（死者３００人）に感染拡大した。

二〇二〇年四月七日の日本は、全国的に緊急事態宣言を発出。感染の初期クラスターとなった業種店と三密になりそうな店舗およびイベントなどの休業や営業条件を要請。国民への三密を避ける行動や生活およびマスクや手洗いと行動のディスタンス（身体的距離）取りなどを要請した。

しかし、この厄介な新型コロナウイルス（ＣＯＶＩＤ—19）感染の勢いは止まらず、ＷＨＯパンデミック宣言から五か月後（八月一一日）における世界全体の感染者は、２０００万人を超え、同死者も70万人を超えた。日本における感染拡大も六月・七月に入って著しく、八月一一日における感染者は５万人（死者１０００人）を超えた。

このような政府や企業経済界をはじめ国民全体の生活様式の変容が求められる時期（令和二

年上期）にあって、日本人の生活や世情およびコロナ禍への対応などと、日本という国のこの時節の花々や風景と自然などを、私の拙い俳句やエッセイに記録しておこうと、まとめ本にする次第です。

読んでいただける皆さんと、このあまり経験することのない時期の風情を共有できることを、大変うれしく思います。

令和二（二〇二〇）年八月吉日　筆者　吉澤兄一

『コロナ禍の日本の風景とエッセイ ― 令和二年上期』

目次

序章　令和元年
厳冬の「花々と生きものたち」の俳句

浅葱斑

羽たたむ浅葱斑《あさぎまだら》や藤袴

黄落の隙間抜け来る死番虫《しばんむし》

トゲトゲの枯栴檀《せんだん》にしじみ蝶

山茶花の花びら突く目白二羽

柿落ちる人居ぬ家や鵙の啼く

赤城自然園藤袴とアサギマダラ

羽たたむ浅葱斑《あさぎまだら》や藤袴

小さなカラダで驚愕の渡り飛翔する蝶の筆頭は、ヒメアカタテハ。アフリカのモロッコあたりから赤道を越え、フランスやイギリスあたりまで移動飛翔する。

そのヒメアカタテハには及ばないが、日本で唯一渡りをする蝶として有名なのが、アサギマダラ（浅葱斑）。

アサギマダラの食草フジバカマ（藤袴）が生育している赤城自然園（群馬）で、よく観察される浅葱斑（アサギマダラ）。ここ赤城自然園で標識されてたアサギマダラが、一か月後、約５００㎞先の徳島県鳴門市で再捕獲されている。最長２０００㎞に及ぶ渡り飛翔もするといわれる浅葱斑のこの地（鳴門）での食草は、ヒヨドリバナやスナビキソウだという。

羽を広げると10センチ前後になるアサギマダラは、黒と褐色の模様とステンドグラスを思わせるような透き通る浅葱色のまだら（斑）文様の羽。アサギマダラ（浅葱斑）は、蝶の中の蝶だ。

黄落の隙間抜け来る死番虫《しばんむし》

屋内害虫や不快害虫と言ったらいいのか分からない小さな害虫のシバンムシ（死番虫）。タバコシバンムシ、イエシバンムシやジンサンシバンムシなど、畳や建材や乾燥食品などを加害する。どこから､どのように侵入してくるのか定かでない。

動物や植物に限られない寄生虫や、少々大柄な害鳥や害獣などとは違う小さな害虫類も多い。ヒト（人間）や家畜、ペット、農産物や財産などに有害作用する小さな虫類が一般に害虫と呼ばれる。主に、無脊椎動物の小動物や昆虫類などだ。

害虫を食べたり、受粉を媒介したりして人類に

黄葉銀杏

役立つ昆虫は、益虫と呼ばれる。クモ、テントウムシ、ミツバチ、ミミズ、蝶や蚕などが歓迎されている。

害虫にもいろいろあって、ダニ、ハエ、蚊、ゴキブリなどは、衛生害虫。アブラムシ、バッタ、ケムシ、アオムシなどは食害性害虫。ムカデ、ヤスデ、ダンゴムシなどやコバエ、アブ、ショウジョウバエなどは、何というのだろうか。

害虫や益虫も、寄生虫や死番虫も、小さな甲虫類や少し大きい害獣なども、みんな同じ生きもの。人間や動物や植物など、大きな生きものも小さな生きものも、みんなこの地球を共有する生きもの。共有共生という基本概念が大切なのだ。

イノシシの穿る庭に黄水仙
楢林落葉《おちば》に紛れるアカタテハ
背伸びする石蕗《つわぶき》の花　浅葱斑《あさぎまだら》
冬青《そよご》の実突くメジロや番《つが》いかな
山茶花を遊び場にする四十雀

猪

イノシシの穿る庭に黄水仙

中山間地の家々の庭先によく見るスイセン（水仙）は、イノシシ（猪）などの獣害対策。その強力な鼻先で庭や畑や土手などの食根や食茎を穿るイノシシを退けるために、毒性球根を植栽。観賞を兼ねる。

主に東北地方や能登半島など少し寒い地方に多い水仙。ニホンスイセン、ラッパスイセン、フサザキスイセンや黄水仙などが、春を告げて咲く。チューリップやクリスマスローズなどもこの時期の花。雪起こしなどとも呼ばれるクリスマスローズの球根にも、ヘレボラスと呼ばれる毒性がある。

黄水仙

きれいな花の根や葉茎には、結構毒性を持つ球根が多い。きれいな花には、とくに気を付けて植栽したり、観賞したりしてほしいと願う。

楢林落葉《おちば》に紛れるアカタテハ

人も動物も、小さな虫や蝶なども、生きものはすべて何かを食べて生きる。ゾウやライオンなどは大きな食べ物を食べ、虫や蝶など小さな虫類は、小さな食べ物を食べて生きる。

アフリカや赤道近くの暖かい地域で越冬し寒い北欧あたりまで、太陽や気候の移ろいにあわせて渡り飛翔する小さなヒメアカタテハは、アザミ

アカタテハ

やたんぽぽなどキク科の食草を食べる（飲む）。日本など北半球で渡り移動して暮らすアサギマダラは、幼虫時にサクラランやキジョランなど、ガガイモ科の食草を食べる。そして、成虫（蝶）になるとフジバカマやスナビキソウなどを食べる。渡り移動して暮らすその地その地に生育する食草を食べるようだ。

同じ蝶類でも アゲハチョウ類の多くは、ミカンなど柑橘類を食草にする。クロアゲハはカラタチやサンショウの葉を、キアゲハはニンジンやパセリなどを食草にする。アブラナ科類を食草にするモンシロチョウは、よくキャベツ畑などで飛んでいる。

一章　令和二年上期
―コロナ禍の「季節の花々」の俳句

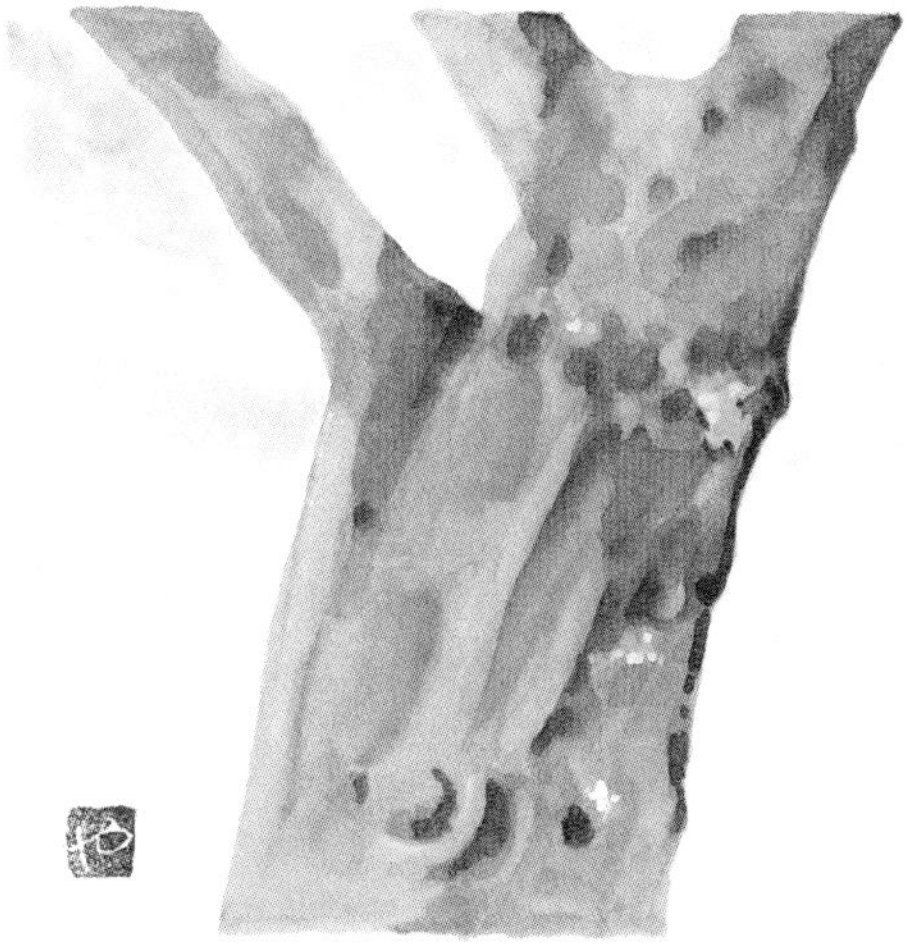

胴吹き山桜

胴吹きの白一輪の山桜

風に乗り泥土の匂い座禅草

年一回の喜寿の集いや節分草

人の居ぬ実家の門場馬酔木《あせび》咲く

ウイルスの疲れは見えず花疲れ

幹咲き桜

胴吹きの白一輪の山桜

さくら（桜花）は、日本の春の象徴。桜の花といえば、緋寒桜や八重桜や満開の桜花というより一重の淡いピンクのソメイヨシノ（染井吉野）。北から南まで多くの日本人に愛されるソメイヨシノだ。

田舎出のわたしは、ソメイヨシノや八重桜などより山桜や葉桜が好み。小学校や高校・大学のキャンパスの葉桜ではない。ヤマザクラの葉桜だ。多くは山桜と言えば大島桜のような気がするが、その幹咲きというか胴吹きの真っ白な一・二輪の花が好きだ。隣の蕾や幼花もいい。

山桜白花

風に乗り泥土の匂い座禅草

座禅草は、目立たない。達磨草とも言われる。暗い。二月は雨水のころ、谷沿いの脇道や少し湿ったところに咲く。僧堂で安居中の雲水さんの坐禅している姿が浮かぶ。水芭蕉の仲間のようだが、暗く地味な苞花で咲く姿が珍しい。

雪解けにあわせて、春を告げるように咲く。横を流れる小川の薄氷を突いてみたくなる。

座禅草

風を聴き葉裏をみせる風知草

人住まぬ家の庭隅鉄線花

雨まばらひそかに赤く花楓

楢林一人静の花の真白き

青空に古木辛夷の白さかな

鉄線花

風を聴き葉裏をみせる風知草

風を知る風知草。裏葉草とも言われる山野に群生する多年草。わずかな風でも感知するイネ科の野草。この頃は、家々の庭先や門場などにも植栽され、観賞されている。

山地や谷川の崖下などに群生する少々イネ葉より巾広い線形の葉を茂らせて生育する。地下茎が細く屈曲し 上下転倒して、下向き垂れ下がり、裏面を上にして緑葉をみせ、表面を下向きに白っぽい葉にしてみせるところから、裏葉草と言われる。

風知草

風や日当たりにより、自分（葉の表裏）の見せ方が異なる。まるで、選挙を前にした人々のようだ。

人住まぬ家の庭隅鉄線花

わたしの実家は、誰も住んでいない。荒れた庭の周りは、ある部分は金網である部分は朽ちそうな竹柵で囲われている。ところどころに、テッセン（鉄線）その他の蔓性植物が絡まっている。春から初夏には、青く紫がかった鉄線花が咲く。ときどき、白や赤っぽい花々も見かける。

裏葉草

テッセン（鉄線／鉄仙）は、中国原産だといわれるが、ヨーロッパなどにも広く同類の蔓性のクレマチスという名前の植栽が多い。多くの花弁や萼は、日本（テッセン）でもヨーロッパ（クレマチス）でも六枚だが、たまに八枚（風車系）や四枚や八重などもある。

テッセンは、多年性の蔓植物だが、落葉性の品種もあれば常緑性のものもある。春から初夏に開花するものや秋冬に開花するものがある。四季咲きタイプもあるので、一年中観賞できる。いまは誰も住んでいないので、剪定や下草取りも手を抜く年が多くなっているが、テッセンやスイセンやクリスマスローズのような草花は毎年、花を咲かせる。

鉄線花

二章　令和二年上期
―コロナ禍の「四季移ろい」の俳句

四十雀

朝日さす手水《ちょうず》柄杓《ひしゃく》に四十雀《しじゅうから》

啓蟄や田の畔《くろ》に穴螻蛄《おけら》かな

巨古木の新芽胴吹き空青し

イノシシの穿る鼻先冬いちご

一輪の梅花を覗くメジロかな

四十雀

朝日さす手水《ちょうず》柄杓《ひしゃく》に四十雀《しじゅうから》

昔から多くの人々に愛されている四十雀《シジュウカラ》。雀《スズメ》の四十倍も役立つ益鳥だから四十雀だとか、神の使いや渦《ウズメ》などといわれる。同じシジュウカラ科の山雀《ヤマガラ》や小雀《コガラ》や、果ては五十雀《ゴジュウカラ》などに比べると、偏に人々に贔屓されている。

四十雀、その姿が可愛い。〝白い頬に黒いネクタイ〟などと言われ、五十雀や山雀を見下している姿だ。その四十雀が、早朝の日ざしを受けて、神宿る神社の手水舎で身を浄めているのかと思いきや、手水舎に掛かる柄杓にとまったまま。芭蕉をして「老いの名もありとも知らで四十雀」と詠まれた四十雀を、驚かすわけにもいかない。

啓蟄や田の畔《くろ》に穴螻蛄《おけら》かな

二十四節気のひとつ啓蟄は、大地の暖まりを感じ冬籠り（冬眠）していた虫が土中から、春の訪れにあわせ這い出してくる時節で、西暦でいうと毎年三月五日を前後する頃。多くの虫やカエルが、冬眠から起き出して活動を始める。オケラ（螻蛄）も同じ。

クマやヘビなど土中に冬眠し、冬を越す動物や生き物も多いが、蝶や多くの昆虫類は幼虫時代を樹木や土中で過ごし、啓蟄から春夏に菰を外したり、穴から出て活動（成虫）する。田植やイネの生育期田んぼに出て遊ぶ虫は、オケラだけではな

オケラ土潜り

い。ドジョウ、カエル、アメンボ、タガメ、ユスリカ、トビムシなど多い。

雨水や啓蟄を過ぎると早いところでは、田植え前の田起こしや田作りが始まる。田のクロ（畔）張りや田のクロ（畔）塗りがおわると、すぐ田植。せっかくキレイにしっかりと塗り作りした田のクロ（畔）や畦を、オケラ（螻蛄）が穴道をつくる。オケラが穴道を歩く。どうしようもなく、笑って共存するやさしい農家の人々だ。

ガムシ

友の描く御堂の明日山青き

水温む柳の下の縞《しま》泥鰌《どじょう》

朝散歩老いし二人や樟《くす》若葉

禅堂の初夏の安居《あんご》や雨の音

剪定の明日《あした》の飛来初つばめ

僧堂

友の描く御堂の明日山青き

十五年ほど密に友達付き合いをしている私の友人（谷内田孝さん）は、天才的なクリエイティブ・デザインをするが、いまは現役を引退され日本画や墨彩画を描いている。十四年ほど前、彼が「三十三間堂への道」という墨彩仏画展を開催した頃より、何かとお付き合いさせてもらっている。

十四・五年も通い続けて描いたという三十三間堂の二十八部衆他の仏像や仏の里の阿弥陀三尊像などと、岐阜県は臨済宗妙心寺派正眼寺や正眼僧堂師家山川老師が住職を兼ねておられる福井県勝山市の清大寺などの仏閣他の墨彩画をよく描く。

正眼寺金堂

彼が描かれた正眼寺金堂の天井画などを観賞した後、寺院の御堂などを描いている彼の後ろから写生先を覗かせてもらった折りに一句など。失礼している。

水温む柳の下の縞《しま》泥鰌《どじょう》

ずっと昔半世紀ほども前、はじめて〝マーケティング〟を勉強始めた頃の、私の師匠大先輩の話「柳の下に一匹のドジョウを見たら、必ずあと一または二匹、そこにドジョウがいるよ」。

成功した新製品やヒトの新しいアイディアや技術をみたら、即二番手商品やそのアイディアや技術を真似たり、市場性を考えろ！ということだ。

シマドジョウ

自分の少年時代の川釣りならぬ川魚獲りも同じ。渓流とも言えない田舎の小さい川の川岸土手には、ヤナギやネコヤナギが多い。その柳藪の下の淀みには、よくナマズやウナギ、フナやシマドジョウ（縞泥鰌）がいる。

ネコヤナギ（猫柳）の枝や株根を、バシャバシャと足で踏み込みシマドジョウや川魚を網に追い込み捕獲する。小川や小さな農村の小さな川土手や脇道を歩くと、ついネコヤナギ藪に目が行く。少年時代が懐かしくなる。

猫柳

三章　令和二年上期
―コロナ禍の「自然風景」の俳句

御神木

千年の樹齢の巨樹に四方拝

春埃イノシシ運ぶ耕運機

かめ虫のパンデミックや春匂ふ

川蜷《かわにな》の足跡なぞる鯰かな

蘖《ひこばえ》やランドセル背に子らの声

巨樹崇拝

千年の樹齢の巨樹に四方拝

四方拝《しほうはい》とは元日早朝、天皇が清涼殿の東庭に出御され、天地四方山陵を拝し、その年の五穀豊穣、天下太平と災いを払って祈る宮中祭祀。ならって、神宿るという巨樹古木に拝し、四方天地の神々に向かい、家内安全や厄払いを祈願する。

巨樹

巨樹巨木を信仰する民話や書物などは多く、民間の巨樹崇拝や巨樹信仰にあやかる会や集いも多い。神社の古木巨樹は、御神木になって祀られたり、神宿る信仰の対象になったりしている。

世界遺産になった屋久島の縄文杉をはじめとして、何千年何百年を生き続けた巨樹巨木は、国（環境省）や地方自治体のデータ・ベースになって、巨樹巨木を主役にした自然環境保全活動になったりしている。

大きく枝を広げる巨樹の若葉が、日に日に青さを増して緑になっている。

春 埃イノシシ運ぶ耕運機

昔から日本全国に生息しているイノシシ（猪）は大変臆病な動物で、山奥を主な居住域にしている。もともとは、人の住む近くの平地で活動する生きものだったという。だんだん居住域を広げる人間への警戒心がつよく、少しづつ生息域を山奥の方に移さざるを得なかったイノシシ

猪（イノシシ）

シなのだ。

「イノシシは、夜しか活動しないのでは……」という人が多いが、もともとイノシシは他の動物や人間と同じく、太陽の出ている昼間活動していた。人間の狩猟や人々が飼っている猟犬などを警戒し、段々山奥に生活域を移したのだ。

時代が移ろえば人間の生活行動も変化するようで、人間の狩猟や林業や山歩きなどが広がり、山奥や昼の山地でのイノシシたちの活動も危険や不自由になり、食べ物が少なくなり、食を求めて農地や人里にまで出ていかざるを得なくなったのだ。

そしていま、中山間地で暮らしたり、農業をする人々に追われ、狩猟や捕獲のターゲットになったイノシシなのだ。

残り畝数へつ青き麦を踏む

風に乗りふぁっと落ちる落し文

落椿落ち葉を舟に沢下る

チキン喰い　遅筋運動春の蝿

雨上がり濡れ手に高く茗荷の子

落し文

残り畝数へつ青き麦を踏む

米《ごはん》を主食にしていた時期の農村の今頃の風景といえば、青いイネの水田と畑の青い麦畑であった。大麦や小麦が主作の麦は、終戦後の食の変化から小麦が増えていったが国土の狭い日本、すぐに小麦が足らず消費の60％を輸入に頼る（昭和三〇年半ばより）ようになった。今は、小麦の国内生産も10％ほどになっている。

わたしの少年時代の麦作は、十二月あたりの播種。その麦は、大麦・小麦に関わらず冬終わる初春のころの麦踏みになる。親の農作業のお手伝いといえば、麦踏み。子どもが威張って楽しくでき

青い麦畑

るシゴトであった。体重があまりない子どもの力んで手伝うシゴトが麦踏み。ただカニ足で麦畝をヨコに進めばよかった。

小鳥やキジなどの声や自分の鼻歌を聴きながらの麦踏みが、楽しい手伝いであった。いまは、このような風景はない。麦も含め畑農業がなくなって、野菜や果実の生産もハウス栽培。多くの畑が藪や原野になった。寂しい。

麦踏畝

風に乗りふぁっと落ちる落し文

「落し文」（落とし文）とは、椚《クヌギ》や楢《ナラ》などの林に生息する象鼻虫科のオトシブミという昆虫の〝巣〟のこと。その巣が時期がきて風などに煽られ落下する姿が、昔巷の投げ文ならぬ落とし文のような風情なので〝落し文〟（オトシブミ）と呼ばれるようになったらしい。

そのオトシブミは、初夏の広葉樹の新緑の葉に産卵し、その葉を筒状に丸めて卵、幼虫時代の巣（揺籃という）にする。揺籃の中で自分を包む葉を食して成長する幼虫だが、食べる葉が朽ちたり切れたりする時期前に、風

落とし文

に揺られて地面に落ちる。そして、筒葉を破り成虫のオトシブミになりまた広葉樹林で暮らすらしい。

あまり人に見られたくない文や、逆に人々にそれとなく公表したくなった文などを、〝落とし文〟したりするしぐさが、和歌や俳句などにフィットしたのだろう。俳句の初夏の季語、落し文の紹介でした。

落とし文

四章　令和二年上期
―コロナ禍の「生活者」の俳句

七草粥

鶏《とり》と豚《にく》二つに数へ七草粥

梅一輪石透水《せきとうすい》の御神酒《おみき》かな

窓鳴らす風音聞きつ雑煮喰う

うたた寝を駆け巡る夢旅始め

マスクしてマスク外して眼鏡拭く

七草粥

鶏《とり》と豚《にく》二つに数へ七草粥

七草粥とは、五節句のひとつ「人日の節句」の朝に食される季節の行事食。五節句とは、一月七日の人日、三月三日の上巳、五月五日の端午、七月七日の七夕、九月九日の重陽の節句のこと。ずっと昔は、必ずしも〝七草〟に限らず、七種菜羹や七種粥と言って、若草を含めた七種類の菜羹や穀物などを汁の〝あつもの〟にして食べていた模様。

一月人日の節句前の都会の八百屋などには、若菜七草（粥）セットなどが売られている。実際、田舎出の自分でさえ、七草（セリ・ナズナ、ゴギョウ・ハコベラ、ホトケノザ、スズナ・スズシロ）

春の七草

を摘んで揃えることは難しい。

結局は、薺《なずな》や御形《ごぎょう》や仏の座《ほとけのざ》などは採集できず、ふだんよく使うネギやホウレンソウや大根および三つ葉やセリなどに出汁とりの少々の鶏や肉などを入れて七種粥食にする。

無病息災や胃腸の労りと栄養補給や植物（若菜）の生命力をいただく行事（人の日の節句）食だったようだ。

梅一輪石透水《せきとうすい》の御神酒《おみき》かな

御神酒《おみき》とは神事などの日、神様に捧げる神饌のひとつで、神前に供える酒のこと。ふだん私たちが言う御

笠間稲荷神社

神酒は、祭礼や神事のあと〝お下がり〟としてふるまわれるお酒のこと。

実際は氏子の家々が、神社神前に供える御神酒として特別に用意した日本酒（清酒など）などで、氏子会や祭礼に出席したり、神社拝礼したりした後、参加者同士でいただくお酒などを言っている。

この特別な神饌用御神酒をつくる特別な酒米や清水がある。お神酒醸造用清水にこの地では〝石透水〟が使われる（石透水仕込み）のだという。石透水の水源となる花崗岩石切場が、ここ茨木県は笠間市の稲田あたりなのだと聞く。

稲田石採石場

杖もなく歩む杣道《そまみち》土匂う

自粛する縁側の夏蜜柑剥く

連休のステイホームや柏餅

自粛あけ授業再開小糠雨

靄《もや》かかる富士の裾野の田植かな

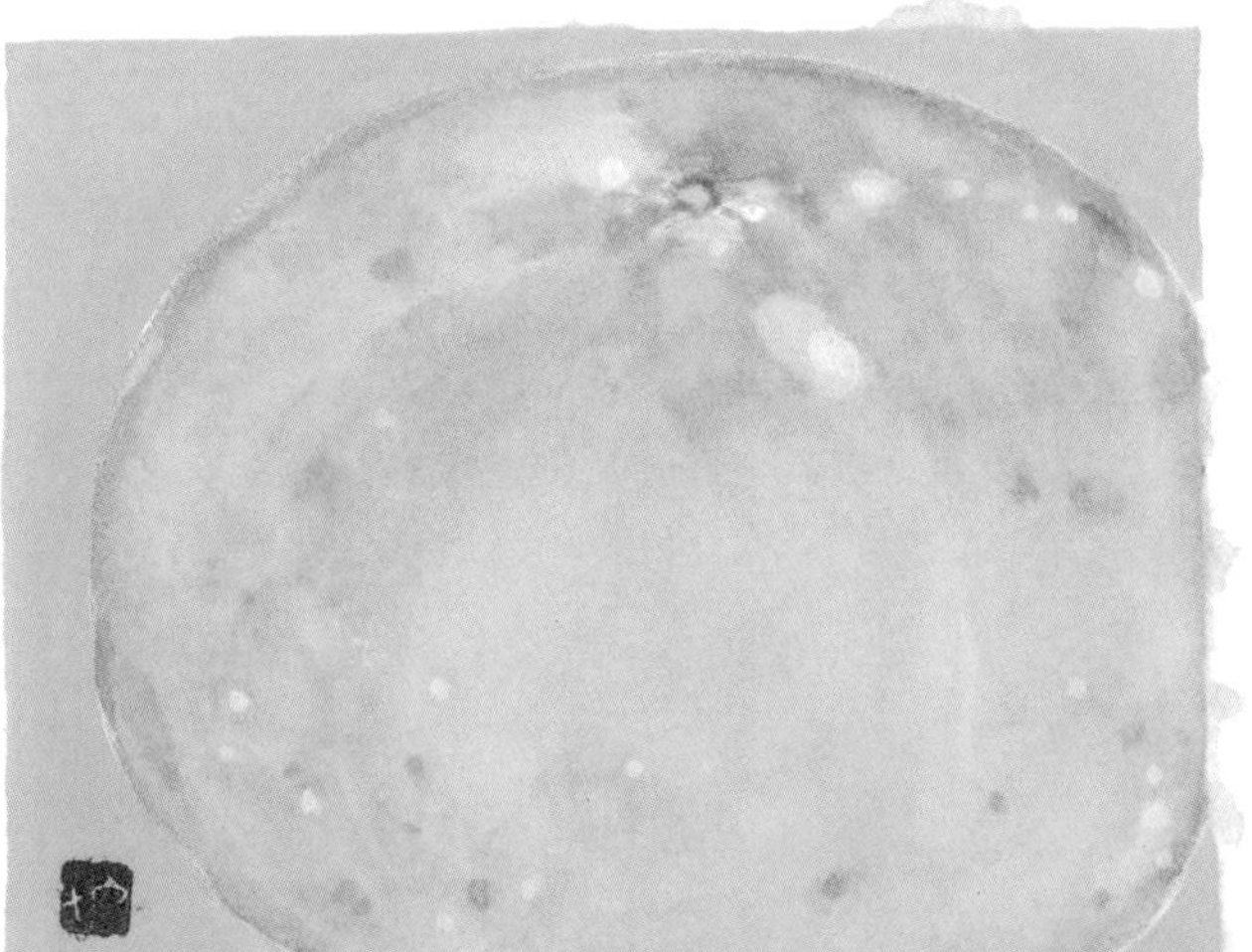

夏蜜柑

杖もなく歩む杣道《そまみち》土匂う

ひと言で〝杖《つえ》〟といっても、いろいろある。高齢者の仲間入り（七八歳）をしている私も、そろそろかなと思う。一年過ぎる毎に、ふだんの歩行にも膝や足の不自由や筋力の衰えを感じる。杖やステッキのあれこれへの関心が強くなる。

ともあれ、ここでの杖は、山歩きやトレッキングなどで〝歩き〟をサポートしてくれるであろう棒や杖らしいもの。私は、登山、ハイキングやトレッキングなどはしない。ただ、ときどき森林浴的に、あまり造られていない道や径などの杣道歩きをする。靴跡の濡れ土が匂う。

杣道に（野草花）

杣道《そまみち》、あまり聞きなれない言葉でしょうが、どちらかというと、杣人《そまびと》しか通らないような細くて道らしくない険しい山道。杣《そま》とは、植林し木を育てて成長した材木を伐採する山（杣山）のこと。ふだんは、草木や藪に覆われ、歩けば突如道なき径となるような樵《きこり》道や獣道である。

自粛する縁側の夏蜜柑剥く

新型コロナウイルス（感染）パンデミックは、終息を知らない。日本が緊急事態宣言の解除を発出した二〇二〇年六月一日の日本の感染者は1万7000人、死者890人にある時分、世界全体の感染者は600万人を超え、死者は37万人

夏蜜柑

を超えた。

　わが国においての緊急事態宣言の解除や東京都の〝自粛〟緩和などの発表はあるものの、国民大方の意識はそれぞれが出来る三密回避や人と人のディスタンス（距離）確保で、新しい日常探しということ。きょうも在宅自粛。

　一人日除けの縁側で夏蜜柑を剥いたりして、緑なす山々や景色を眺めている。

温州みかん

五章　令和二年上期
―日本の「コロナ禍」の俳句

寄生木

寄生木《やどりぎ》や宿を貸してよウイルスに

ウイルスの陽性マップや獺《うそ》祭り

大暴れコロナウイルス春嵐

逃げ水の運ぶコロナやホッピング

死者五万感染百万さくら散る

寄生木

寄生木《やどりぎ》や宿を貸してよウイルスに

新型コロナウイルスの感染拡大がすごい。二〇二〇年三月一一日WHOがパンデミック（世界的大流行）宣言を発出した時分、世界のCOVID—19感染者は12万人、死者4300人であった。

パンデミック宣言から僅か三週間後、世界全体の感染者数は100万人を超え、宣言一か月後の四月一一日170万人（死者10万人）に感染拡大。宣言二か月後の五月一一日には400万人（死者28万人）。三か月後の六月一一日には750万人（死者42万人）に感染拡大した。うち、日本のそれは1万7300人（死者920人）。

三月一一日感染者620人（死者15人）だった日本も、四月一一日感染者1万3600人（死者300人）、五月一一日同1万6400人（死者780人）と拡大している。枯木の冬から初春の芽吹き林を彩る寄生木に、自分では歩けない宿なしウイルスに、しばしの宿を貸してよと願いたくなる。静かな林散歩でした。

ウイルスの陽性マップや獺祭《うそ》り

獺という文字は、一字で〝カワウソ〟と読む。ここでいう「獺祭《うそ》り」は、獺祭と書くとあの有名な純米大吟醸の日本酒「獺祭《だっさい》」と誤認されるので、送り仮名を添えた。

獺《カワウソ》は、〝捕らえた魚を川の石上や川岸に並べる〟習性があるということから、「捕魚を供物として並べて、先祖を祭祀している」姿にとらえ、そのような祭儀を獺祭（うそまつり・だっさい）と呼んだのだという。

新型コロナウイルス感染状況の一つ「陽性マッ

獺（カワウソ）

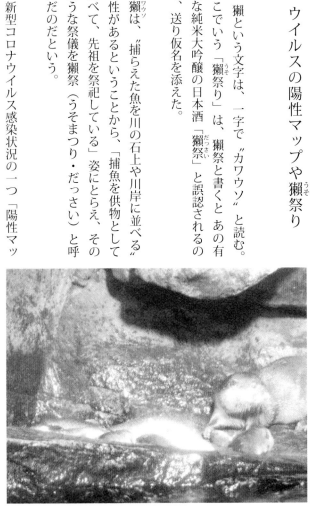

プ」が、まるでカワウソが並べる捕らえた川魚のようにみえたので、これを獺祭りと詠んだ。

小川の猫柳

コとロとナ「君」にしないで糸を取る

コロナ禍の八十八夜一人居す

コロナ風畳んだままの花衣

コロナ禍や陰性のまま春落葉

時差出勤マスクの人ら芥子坊主

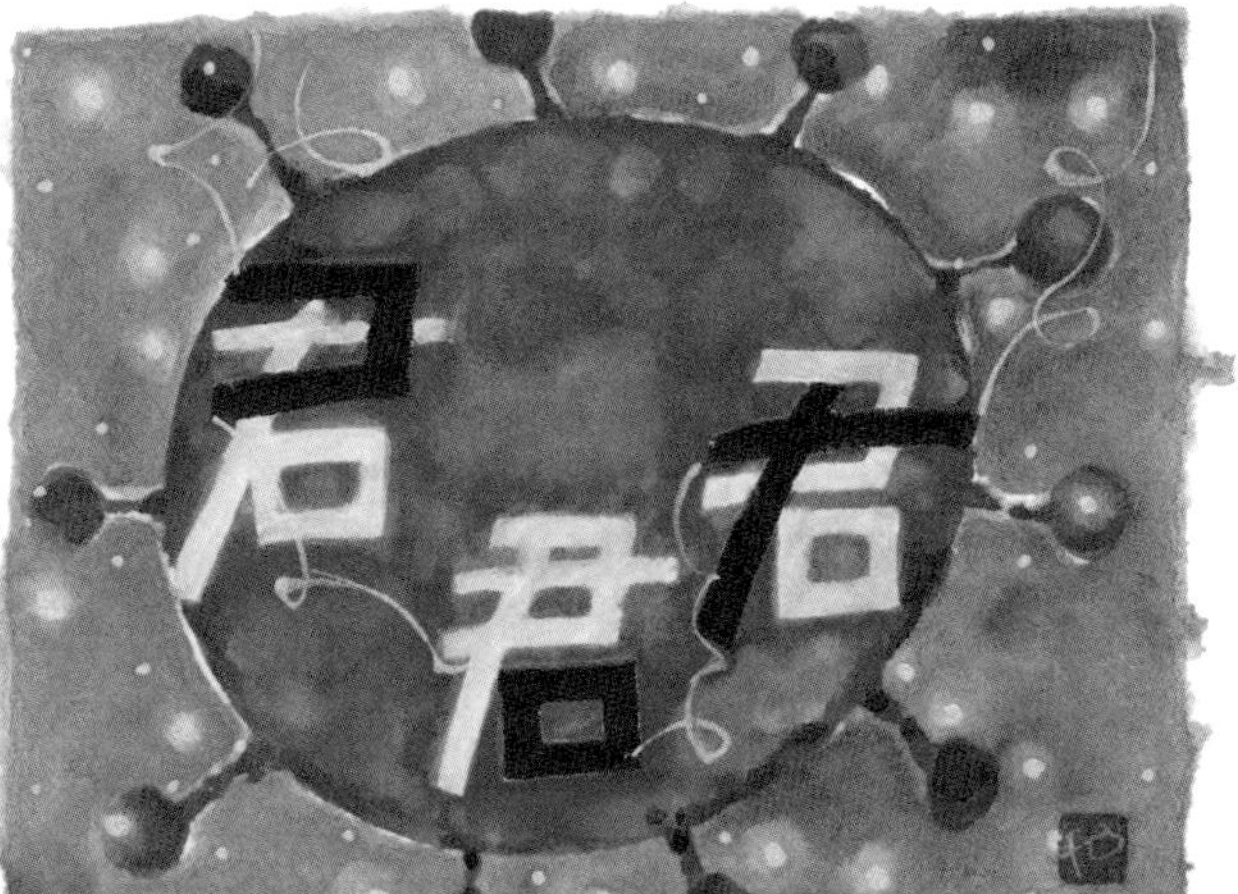

君

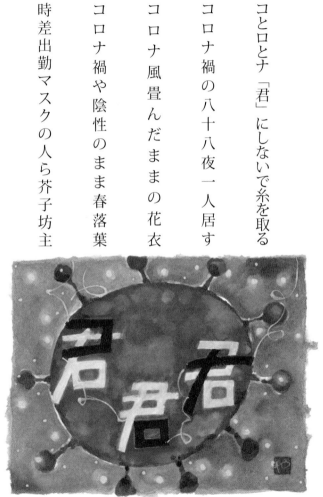

コとロとナ「君」にしないで糸を取る

糸《いと》取りとは、繭《まゆ》を煮て生糸をとること。昔、養蚕農家で行われていた糸引き（＝糸取り）や糸繰りのことだが、ここではむしろ、子どもたちが遊びとしてやる〝綾取り〟をさして糸取りに重ねて詠んだ。

「君」という字が、たまたま「コ」と「ロ」と「ナ」で出来ていることから、コロナ（ウイルス）よ友人や愛する「君」に、入らない（移らない）でほしいと願って詠んだ一句。子ども時代に習い遊んだ友人との綾取《あやと》りを想い起こす。

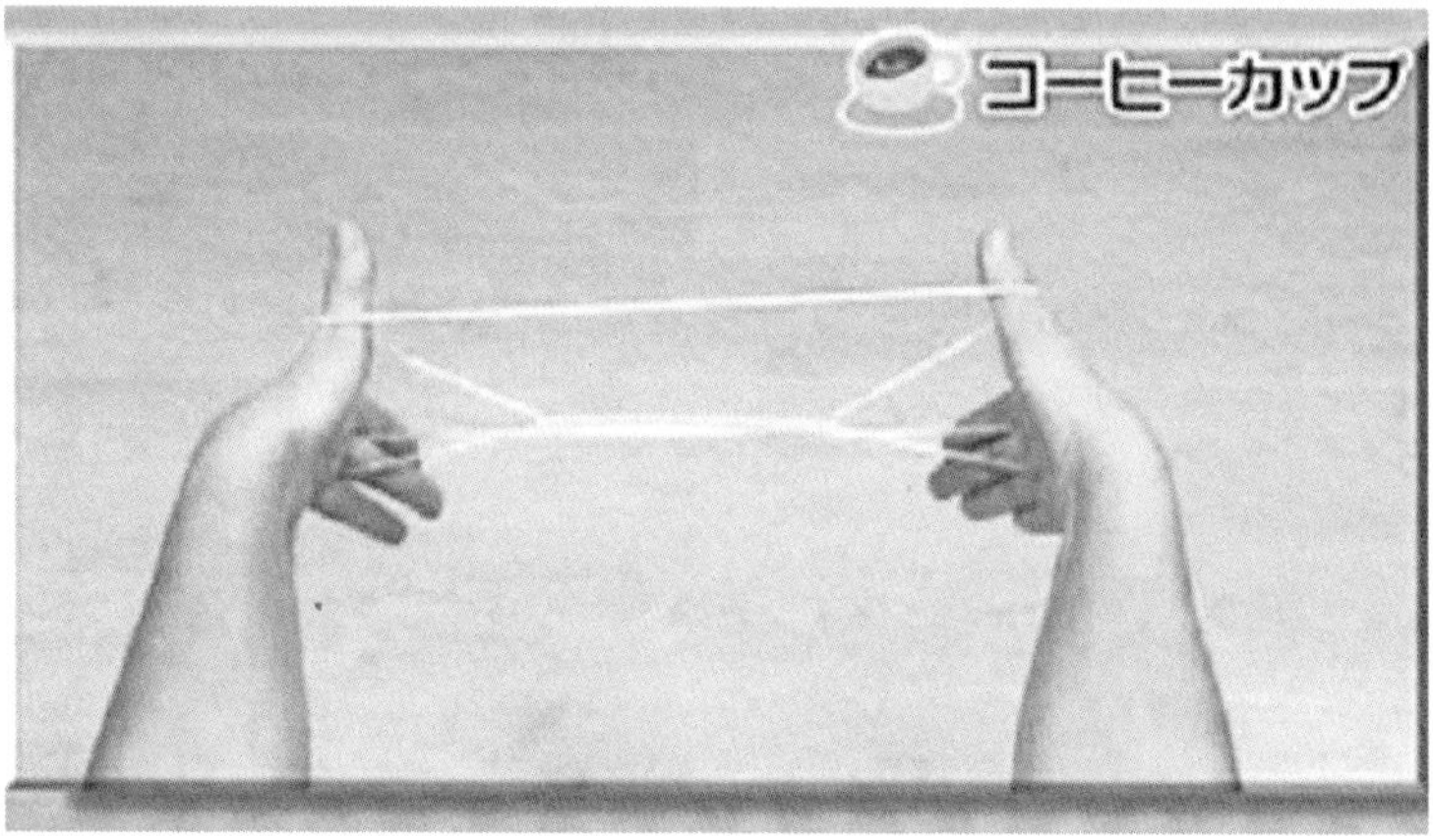

あやとり

コロナ禍の八十八夜一人居す

「夏も近づく八十八夜……」と聞けば、新茶や茶摘みの風景がイメージされますが、暦的には季節を知らせる雑節のひとつ。立春から数えて八十八日目の日。立春や雨水・啓蟄や春分など少しづつ暖かくなり、雪や霜と別れて雨天気が増えてくると、土耕しや種蒔き、田作りや田植えの時節。

もっとも、節分や立春を主な季節の変わり目として、立春から数えて何日という二十四節気を補う八十八日目は末広がりイメージで、くっつけば「米」ですから、畑作物の種まきや田植などをす

茶摘み

るには縁起のいい日のようだ。

もしかして、中山間地や農家の人々には少々遠い〝コロナ禍〟？　都会の端に居て、三密や人と人とのディスタンスなどを避ける自粛在宅の私は、一人居している。

若葉茶

六章　令和二年上期
―コロナ禍の「世情観察」の俳句

雑煮

気淑《よ》くし令和初めの雑煮かな

ふる里の冬草青く放射能

誰も来ぬ二日酔ひなり喪正月

初夢を破るサイレン朝ぼらけ

嘘デマがつくる人波白マスク

改元発表

気淑《よ》くし令和初めの雑煮かな

令和になって初めての正月元日。昨年の改元初月の五月とはまた違った気分で、令和初めての正月を迎えた。新型コロナウイルスの感染や肺炎発症などについては、まだ中国は武漢市のこと（一月一七日41人の新肺炎者確認、うち死者2人&重症者5人）などと、一月一五日の神奈川県で中国からの帰国者1名の感染者が出て、新型コロナウイルスの感染者と確認、隔離入院させたというニュースなどにとどまっていた。

まだ、新型コロナウイルス感染者を乗せて横浜港に入船したクルーズ船（二月三日入船）などが

初詣

ニュースになっていないこともあり、〝気淑く〟した令和二年の正月。文字通り「初春の令月にして気淑く風和ぎ梅は鏡前の粉を抜き蘭は珮後《はいご》の香を薫らす」（令和の典／万葉集）気分で、新しい元号令和初めての正月になった。

万事をなすのによい（めでたい）令月という正月に、家族兄弟や親しく厚誼する人々と、美しく心を寄せ合う文化や生活スタイルを紡ぐんで行きたいと、雑煮をいただく。

山（杣道）の雑草

ふる里の冬草青く放射能

冬草は、文字通り冬の草。多くの草木は枯れているが、道端や遊歩道脇の土手あたりの雑草は、青い。福島原発事故から大分時間が過ぎているが、この地の野山の獣たち、この雑草さえ口にできない。そうこの地の人々が教えて、イノシシたちを、遠くへ遠くへと追い払う。いま栃木や茨城の山や里のあたりに暮らす。

あれから九年、まだずっと昔から住んでいた地域を離れて住いに戻れない。原発デブリ処理汚染水の希釈や処理貯蔵、海洋への放出などのメドが立たない。汚染水の貯蔵タンクを置く場所がない。

ハコベラ

トリチュウムなど微量というが、世の人々の安心は得られない。五〇年、一〇〇年問題が起こらない薄いレベルになっている放射性廃棄物だというが、五一年目、一〇一年目に問題が起こらないとは言えない。

冬草の青さが、痛々しい。

鵜の岬スイレン池

村松の十三参り土匂う
三密を避けたつもりの春の海
休校の宿題多し獺《うそ》祭り
青い空春の社日《しゃにち》の囃子かな
山と虫〝みつ〟は同じよ夏に入る

十三参り

村松の十三参り土匂う

数え年十三歳になった男女が、人生の節目（十二干支ひと回りし戻る）としての厄払いや開運・多福を祈る儀礼。はやくは、京都大阪・奈良など関西方面で、成長に感謝し知恵や福徳をもらいたいと、虚空蔵菩薩にお詣りしていたが、いまはむしろ関東地方などに広まっている。

ここに〝村松〟とは、村松山虚空蔵堂のこと。茨城県は東海村の村松にある虚空蔵菩薩堂への十三参りは、県内や近隣県外の小学校六年生や中学一年生になると、団体してお詣りする。「ひたちなかＩＣ」から二〇分ぐらいの処だが、〝山〟ではない。平地

村松虚空蔵堂

というか、田畑農道そばの松林にある神社だ。

境内や松林には、名のある詩人の詩碑や芭蕉の句碑などがある。知恵参りや知恵もらいにふさわしく、「野を横に馬引向けよ時鳥」や「しばらくは花の上なる月夜かな」とある。

村松虚空蔵堂　芭蕉句碑

三密を避けたつもりの春の海

二〇二〇年三月一一日WHO（世界保健機関）が、新型コロナウイルスのパンデミック（世界的大流行）と認定した。世界全体での感染者数は、中国（8万人）や日本（620人）も含めて12万人（死者4300人）だった。その一か月後、感染者は170万人（死者10万人）、二か月後（五月一一日）400万人（死者28万人）。米国133万人（死者8万人）、日本1・6万人（死者600人）であった。

日本は、四月七日全国的に緊急事態宣言を発出。感染の初期クラスターとなった業種店や三密になりそうな店舗やイベント拠点などの休業や営業規制要望を発

藤沢市江の島

表、首都圏《ちかさと》などからの県域を越えての移動制限や、人々の三密を避ける行動生活や手洗いやディスタンス（身体的距離）取りを要請した。

五月六日の期限を二〇日間延ばし、緊急事態宣言を五月二六日解除したが、感染の第二波の近そうな市民の緩みに苦言や注意をいう。しかるに、六月、七月に入ってからの感染の勢いは倍化し、パンデミック宣言から五か月後の世界全体の感染者は２０００万人（死者70万人）を超えた。日本における感染者拡大も大きく、八月一一日の感染者は５万人（死者１０００人）を超えた。

江の島へ

七章　令和二年上期
―コロナ禍の「政治考」の俳句

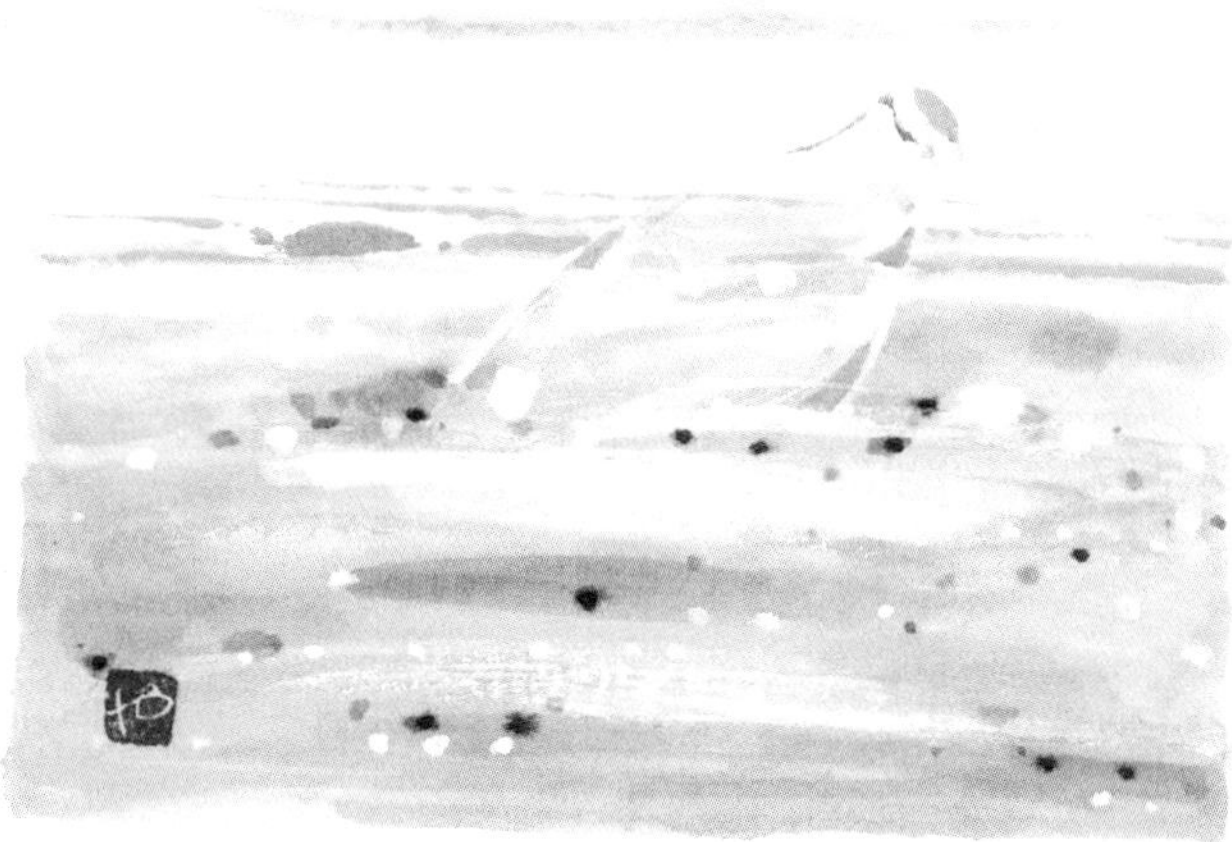

プラゴミ海浜

ギグワーカーフリーターとどう違う春

内定の取消し通知春落葉

春愁の後ろ姿の受験子よ

病院は来るな行くなと四月馬鹿

プラごみに逃げる穴なく亀の鳴く

ギグワーク

ギグワーカーフリーターとどう違う春

「ギグワーカーとは、何ですか?」と聞く人でも、最近はUber Eats(ウーバーイーツ)というバッグを背負って自転車で、宅配食を配達している人をみているかも知れません。インターネット上のプラットフォーム サービスを介して単発の仕事(ギグワーク)を請負って働く労働者のことを「ギグワーカー」(Gig worker)という。

少し昔、フリーターや派遣労働者などという働き方が出た頃と同じように、「働き方改革」や労働の多様化などという流れの中で、インターネットの普及に合わせて出てきた〝働き方〟。企業と雇用者の新しいフレキシブルな関係などと言っているが、要は働く者にとって安定した雇用関係ではなく、その時その時の単発(gig)な雇用労働の関係なのだ。

「ギグエコノミー」(Gig-economy)やインターネット社会における新しい働き方だからウエルカムとだけ考えず、働く人の利益やメリットを不利益やデメリットとの関係で深考して考えることが大事。よく政策課題にして検討してほしいと願う。

内定の取消し通知春落葉

二〇二〇年一月、二月、三月と、二〇二一年卒大学生の就職内定は、前年を上回るペースで推移していた。ＮＨＫの調査（ｎ＝１０８０）によると、二月一日時点９・０％（５・８％）、三月一日時点15・８％（８・７％）、四月一日時点31・３％（21・５％）と推移していた（カッコは、前年）。ところが四月に入って、コロナ禍の影響がでたのか、前年の内定率51・４％より５・７ポイント下落して45・７％になった。

それどころか、前年同月より高かった分の内定（率）が、ここ三―四―五月に「内定取り消し」（通知）となって現れた。よほどの事由がなくて企業

落ち葉前

側の都合で内定を取り消すことがあっていいのか、新型コロナウイルスの影響らしいが、一度入社を約束されて取り消しされたと言って裁判に持ち込むこともできない。この間の内定取消しクレーム報告（ネット）情報は、トータル２５０万レコードにもなる。

春落葉などと詠んでは、失礼になる。落葉樹は、冬を過ごすために冬入りに落葉するが、裸の落葉樹が芽吹く春に〝落葉〟してすぐ新芽を緑にする常緑樹もある。楠の木だ。取消し通知の企業など〝飛んでけ！〟と、つよく生きてください。

コロナ禍の外出自粛雨安居《あんご》

感染のパンデミックや猫の恋

コロナ禍の自粛で一人浮巣かな

ちぐはぐなコロナ対策裏葉草

断腸の思いの辞任秋団扇《うちわ》

猫の恋

コロナ禍の外出自粛雨安居《あんご》

安居《あんきょ》とは、文字どおり〝心やすらかに（気楽に）暮らすこと〟だが、仏教でいう「安居」は、〝あんご〟と言う。僧侶や雲水などが、一定の期間（ほぼ三か月九十日）寺院や僧堂などに留まって（外出せず）修行すること。

安居《あんご》とは、もともと（インドでは）雨季（4〜6月あたり）と同義語。冬安居や雨安居《うあんご》や夏安居《げあんご》などあるが、ここで雨安居は〝あめあんご〟と詠ませていただいて、むしろ一般の人々が「自宅でのんびり過ごす」様で、〝あんきょ〟に近い。

安居僧堂

感染のパンデミックや猫の恋

ACジャパンが日本動物愛護協会支援のCM、さだまさしさんの「にゃんぱく宣言」を流している。時機を得て、多くの人々からの好評が聞こえる。少子高齢化というが、一人高齢者や非婚独身者が増えていることとも重なって、ペット動物の飼育愛玩傾向が高まっている。

飼い主が居なくなったペット犬や猫。野良猫の増加などが社会問題になっている。「ふん尿をする」「花壇を荒らさ

にゃんぱく宣言
「日本動物愛護協会」ポスターより

れた」「車や建物にツメを立てる、疵つける」「やたら増えている」「声鳴きがうるさい」など
と苦情が多い。

初春、猫の恋の季節。詩歌や俳句によく謳われる猫の恋だが、「狂おしく鳴きわめく恋猫の
奇声がイヤ」という人も多い。新型コロナウイルスの感染パンデミックが、重なる。

断腸の思いの辞任秋団扇《うちわ》

令和二（2020）年8月28日安倍首相は、首相官邸の記者会見で、持病の潰瘍性大腸炎が再発し体調が「国民の負託に応えられない状態」であることを理由に、「総理大臣の地位にあり続けるべきではない」と語って、「総理大臣を辞任する」と表明した。

憲政史上最長の七年八か月（2800日余）続いた第二次安倍内閣が突然の幕引きとなった。「拉致問題をこの手で解決できなかったことは痛恨の極みで、ロシアとの平和条約や憲法改正などの課題を残し、志半ばで辞職することは断腸の思いである」と述べた。

コロナ禍の中持病を克服できず、これらの課題

安倍首相 辞任

持病再発で職務

「政治判断 誤

来月中旬までに総裁選

政策遂行 切れ目なく

安倍首相 辞任記事（「日本経済新聞」より）

を残したまま辞任することになったことを、俳句の季語・秋団扇にイメージさせて詠ませていただきました。

あ・と・が・き

令和二年一月～六月の私の俳句ファイルから七十句を私撰してみた。少々のもの足りなさから、この直前期・厳冬の暮れを入れて時節感を高めようと思い、令和元年一二月ファイルより十句を選び、加えて八十句〝まとめ〟に入った。

新型コロナウイルスの感染状況が、中国やイタリアやスペインや欧州などの情況に国内のそれも含め、世の中を騒がしくした令和二年の春でした。三月一一日のＷＨＯ（世界保健機関）のパンデミック宣言が事因ではないだろうと思うが、この後日本も含め、世界の新型コロナウイルスの感染が急拡大した。

パンデミック宣言時の世界全体の感染者12万人（死者４３００人）が、三か月後の六月一二日には感染者総数７５０万人、死者42万人に拡大している。文字どおり、世界人類がコロナ禍に喧騒した二〇二〇年一～六月でした。その後の感染拡大も勢いを増し、パンデミック宣言から五か月後の八月一一日、日本の感染者5万人（死者1000人）も含め、世界全体のCOVIT—19感染者は2000万人（死者70万人）を超えた。

共働協調性の高いわが国の人々は、コロナ禍への自粛行動の中においても、自然や季節の移ろいと野山の花々や小さな生きものとの共有共存の暮らしを大切にしていました。この情況を、俳句やちょっとしたエッセイにして記録にして置こうと、いそぎ書き下したのを「本」にしました。

読者のみなさんと、この時節感を共有できれば幸甚です。拙い時節の記録誌に、目を通してくださったことに心よりの感謝を申し上げます。

末尾ながら、俳句下欄への挿絵を描いてくださった谷内田孝さんと急な出版の労をとってくれた湘南社の田中康俊さんに、感謝申し上げます。

令和二（二〇二〇）年　九月吉日　筆者　吉澤兄一

●著者プロフィール

吉澤兄一　よしざわけいいち

1942年神奈川県生まれ
東京都板橋区在住
茨城県立太田第一高等学校
早稲田大学政経学部卒業
調査会社、外資系化粧品メーカー、マーケティングコンサルタント会社などを経て、現在、キスリー商事株式会社顧問。

著書
『超同期社会のマーケティング』(2006年 同文館出版)
『情報幼児国日本』(2007年 武田出版)
『不確かな日本』(2008年 武田出版)
『政治漂流日本の2008年』(2009年 湘南社)
『2010日本の迷走』(2010年 湘南社)
『菅・官・患!被災日本2011年の世情』(2011年湘南社)
『2012年世情トピックスと自分小史』(2012年湘南社)
『マイライフ徒然草』(2013年湘南社)
『私撰月季俳句集 はじめての俳句』(2015年湘南社)
『私撰月季俳句集 日々折々日々句々』(2016年湘南社)
『私撰俳句とエッセイ集 四季の自然と花ごころ』
(2018年湘南社)
『平成三十年喜寿記念　月季俳句　百句私撰集』
(2018年湘南社)
『平成三十年間の抄録』(2019年湘南社)
『令和元年の四季と世の中』(2020年湘南社)

常陸太田大使
キスリー商事株式会社顧問
e-mail：kyoshizawa.soy@gmail.com
吉澤兄一のブログ : http://blog.goo.ne.jp/k514/

●カバー表紙画・挿画＝谷内田孝

コロナ禍の日本の風景とエッセイ―令和二年上期

発　行	2020年10月5日　第一版発行
著　者	吉澤兄一
発行者	田中康俊
発行所	株式会社　湘南社　http://shonansya.com 神奈川県藤沢市片瀬海岸3－24－10－108 TEL 0466－26－0068
発売所	株式会社　星雲社 東京都文京区水道1－3－30 TEL 03－3868－3275
印刷所	モリモト印刷株式会社

ISBN978-4-434-28062-7　C0095